[tradutor]

**Tomaz Amorim Izabel**

29 anos, é paulista nascido e criado na cidade de Poá. É poeta, doutorando em Teoria Literária na Universidade de São Paulo e mantém um blog literário em tomazizabel.blogspot.com.

[ilustrador]

**Tano**

é pseudônimo de Cristiano Diniz, é apelido dos tempos da infância resgatado do baú de memórias para assinar na arte. É que foi sendo chamado assim, ainda pequeno, que surgiram os primeiros traços. A arte de Tano se moldou e cresceu com as escolhas de Cristiano: o curso técnico de mecânico de usinagem e ferramentaria, a faculdade de ciências sociais, o mestrado em teoria e história literária. Um livro, um trabalho de arquivista e então tudo convertido em desvio dos traços. O desenho como a única constante de Tano: linhas tênues, universos desvendados em espaços mínimos, infinitos resumidos.

# CANÇÃO DA ESTRADA ABERTA

(SONG OF THE OPEN ROAD)

**Walt Whitman**

Tomaz Amorim Izabel [tradução]
Tano [ilustração]

**editora Urutau**
primeira edição
2017

O —

**editora Urutau**

rúa juan bautista de andrade, 67 - 5ºA
36005 pontevedra

rua adolpho arruda, 41
jardim das laranjeiras 12910 455
bragança paulista-sp
brasil

[+34] 644 951 354 [galiza]
[+55] 11 94859 2426 [brasil]

www.editoraurutau.com.br
contato@editoraurutau.com.br

www.editoraurutau.com.br



dados internacionais de catalogação na publicação (CIP)
Odilio Hilario Moreira Junior CRB 8/9949 0

Whitman, Walt (1819 - 1892)
W615a Canção da estrada aberta | Walt Whitman;
traduzido por Tomaz Amorim Izabel; ilustrado por Tano.
bragança paulista-sp: editora urutau, 2017. 64 p.; 14x19,5 cm

ISBN: 978-85-69433-39-2

1. Literatura norte-americana. 2. Poesia. 3. Poemas.
I. Izabel, Tomaz Amorim. II. Tano. III. Título.

2017-45 CDD: 811
CDU: 821.111(73)-1

Índice para catálogo sistemático:
1.Literatura norte-americana: Poesia 811
2.Literatura norte-americana: Poesia. Poemas 821.111(73)-1

**sumário**

[Walt Whitman — foto de Matthew Brady,
*Records of Attorney General, US National Archives*]

## Uma canção de futuro

*por Mariana Paiva*

Muito além da sisudez dos textos sobre a relevância crítica de uma obra literária, há a paixão. Subverte conceitos, põe à prova todas as certezas e teorias, movimenta. Não é outra senão ela a matéria-prima que Walt Whitman usou para escrever seu poema mais célebre, *Canção da Estrada Aberta.*

É preciso sim uma dose extra de coragem para tocar uma obra apaixonada (e apaixonante) como esta: os versos de Whitman evocam a mudança, o novo, o inesgotável caminho. Se o poeta fala de infinito, então não há de ser engano oferecer a seus versos mais um olhar dentre tantos. De tudo o que já foi dito e traduzido de *Canção da Estrada Aberta*, ainda há caminho adiante. Por isso mesmo esse novo e delicado olhar de Tomaz Amorim Izabel sobre as já tão conhecidas palavras do poeta. A tradução vem tecida com todo o respeito que a obra pede; cada verso expressa a sensibilidade que emana do encontro entre os poetas Walt Whitman e Tomaz. À dupla se soma o artista plástico Tano, que apresenta nesta edição sofisticados desenhos inspirados pelo poema.

Como o viajante das *Cidades Invisíveis* de Calvino, o poeta da *Canção da Estrada Aberta* sabe que não há parada permanente. Há que se aproveitar um pouco de cada lugar e depois seguir, comprometido apenas com a liberdade da mudança. Deixar que o olhar se encante e continuar na estrada, sabendo que há outros encantamentos por vir. Porque o poema é uma canção de futuro. Aliás, não seriam todos?

tradução dedicada a Romina e Guido

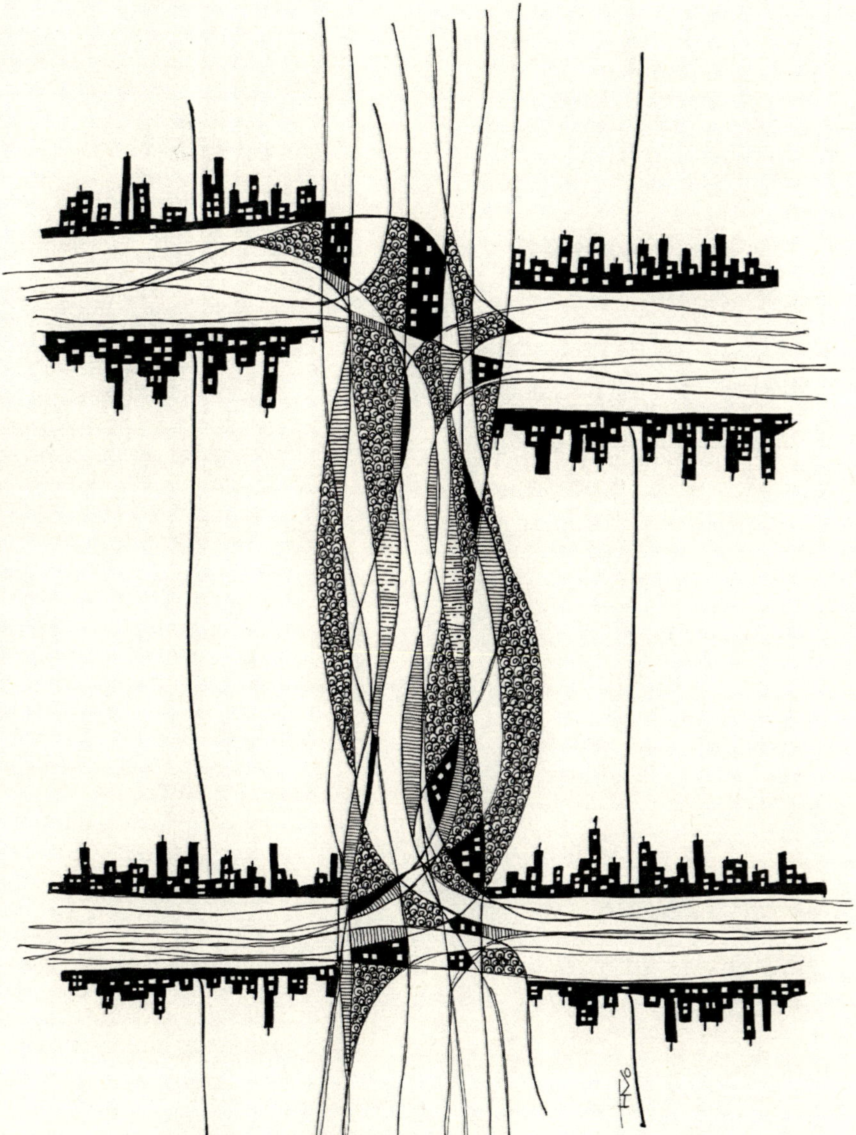

## 1

Afoot and light-hearted I take to the open road,

Healthy, free, the world before me,

The long brown path before me leading
wherever I choose.

Henceforth I ask not good-fortune, I myself am good-fortune,

Henceforth I whimper no more, postpone no more,
need nothing,

Done with indoor complaints, libraries, querulous criticisms,

Strong and content I travel the open road.

The earth, that is sufficient,

I do not want the constellations any nearer,

I know they are very well where they are,

I know they suffice for those who belong to them.

(Still here I carry my old delicious burdens,
I carry them, men and women, I carry them with me
wherever I go,
I swear it is impossible for me to get rid of them,
I am fill'd with them, and I will fill them in return)

## 1

A pé e de coração leve eu tomo a estrada aberta,

Saudável, livre, o mundo diante de mim,

O longo caminho de terra diante de mim levando
para onde quer que eu escolha.

Doravante eu não peço boa sorte, eu mesmo sou a boa sorte,

Doravante eu não choramingo mais, eu não adio mais,
não preciso de nada,

Basta de reclamações entre paredes, bibliotecas, querelas críticas,

Forte e satisfeito eu viajo a estrada aberta.

A terra, isto é suficiente,

Eu não quero as constelações mais perto,

Eu sei que elas estão muito bem onde estão,

Eu sei que elas são o suficiente para aqueles que pertencem a elas.

(Mesmo aqui eu carrego meus velhos e deliciosos fardos,
Eu os carrego, homens e mulheres, eu os carrego comigo
para onde quer que eu vá,
Eu juro que é impossível me livrar deles,
Eu estou preenchido deles, e vou preenchê-los de volta)

## 2

You road I enter upon and look around,
I believe you are not all that is here,

I believe that much unseen is also here.

Here the profound lesson of reception,
nor preference nor denial,

The black with his woolly head,
the felon, the diseas'd, the illiterate person, are not denied;

The birth, the hasting after the physician,
the beggar's tramp, the drunkard's stagger,
the laughing party of mechanics,

The escaped youth, the rich person's carriage,
the fop, the eloping couple,

The early market-man, the hearse,
the moving of furniture into the town,
the return back from the town,

They pass, I also pass, any thing passes,
none can be interdicted,

None but are accepted,
none but shall be dear to me.

## 2

Você eu adentro estrada e olho em volta,
acredito que você não é tudo o que há aqui,

Eu acredito que muito não-visto também está aqui.

Aqui a profunda lição da recepção:
nem preferência, nem negação,

O negro com sua cabeça encaracolada,
o meliante, o enfermo, o analfabeto, não são negados;

O nascimento, a busca apressada pelo médico,
o passo lento do pedinte, o cambalear do bêbado,
a festa sorridente dos mecânicos,

O jovem foragido, a carruagem do rico,
o esnobe, o casal fugitivo,

O mercador que madruga, o carro funerário,
o transporte da mobília para a cidade,
o retorno de volta da cidade,

Eles passam, eu também passo, qualquer coisa passa,
nenhum pode ser interditado,

Nenhum deixará de ser aceito,
nenhum deixará de ser querido por mim.

## 3

You air that serves me with breath to speak!

You objects that call from diffusion my meanings
and give them shape!

You light that wraps me and all things
in delicate equable showers!

You paths worn in the irregular hollows
by the roadsides!

I believe you are latent with unseen existences,
you are so dear to me.

You flagg'd walks of the cities!
you strong curbs at the edges!

You ferries!
you planks and posts of wharves!
you timber-lined sides!
you distant ships!

You rows of houses!
you window-pierc'd façades!
you roofs!

You porches and entrances!
you copings and iron guards!

You windows whose transparent shells might
expose so much!

## 3

Você ar que me oferece fôlego para falar!

Vocês objetos que chamam meus significados da difusão
e lhes dão forma!

Você luz que envolve a mim e a todas as coisas em chuvas
delicadas e constantes!

Vocês caminhos gastos nos desníveis irregulares
pelos acostamentos!

Eu acredito que vocês têm existências latentes não vistas,
vocês me são tão queridos.

Vocês calçadas sinalizadas das cidades!
Vocês sarjetas com beiradas fortes!

Vocês barcos à vapor!
Vocês pranchas e postes do cais!
Vocês todo cobertos de madeira!
Vocês barcos distantes!

Vocês fileiras de casas!
Vocês fachadas encrustadas de janelas!
Vocês telhados!

Vocês sacadas e entradas!
Vocês cumeeiras e grades de ferro!

Vocês janelas cujas cascas transparentes
podem expor tanta coisa!

You doors and ascending steps!
you arches!

You gray stones of interminable pavements!
you trodden crossings!

From all that has touch'd you
I believe you have imparted to yourselves,
and now would impart the same secretly to me,

From the living and the dead you have peopled
your impassive surfaces,
and the spirits thereof would be evident
and amicable with me.

Vocês portas e degraus ascendentes!
Vocês arcos!

Vocês pedras cinzentas das calçadas intermináveis!
Vocês cruzamentos percorridos!

De tudo que os tocou acredito
que vocês transferiram para si mesmos,
e agora transfeririam o mesmo secretamente para mim,

Dos vivos e dos mortos vocês povoaram
suas superfícies impassivas,
e assim devem estes espíritos ser visíveis
e amigáveis para comigo.

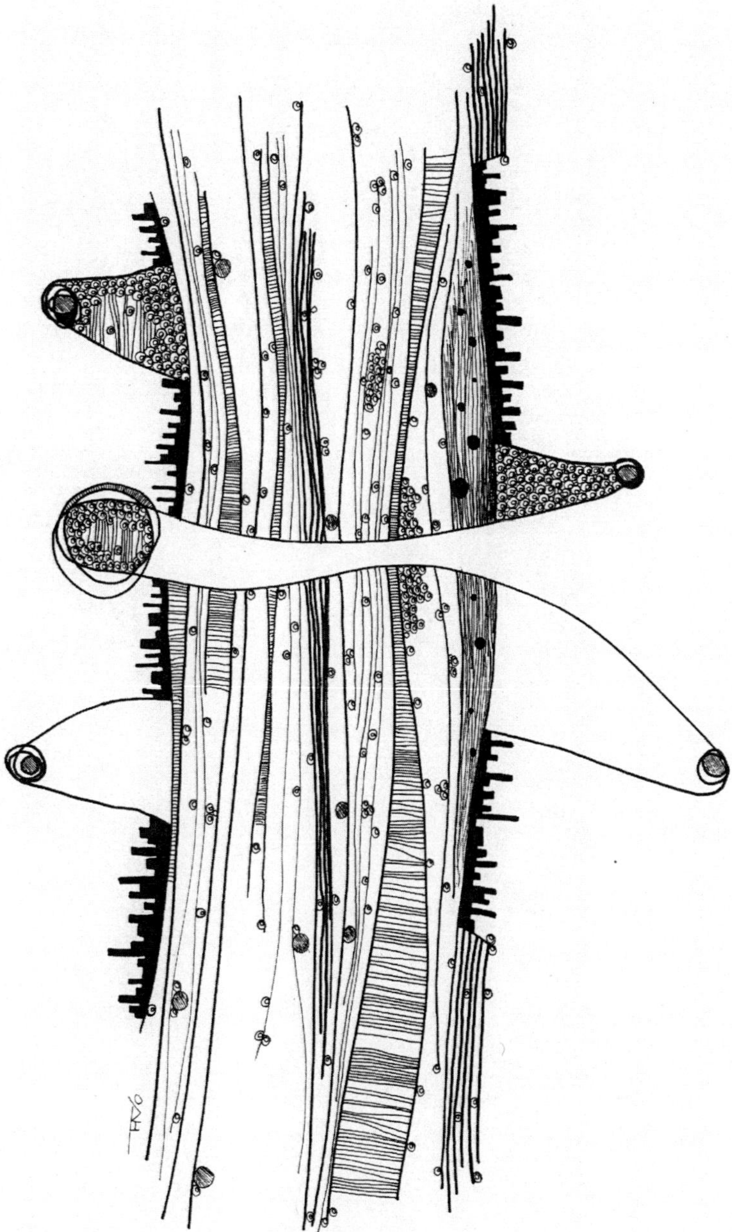

## 4

The earth expanding right hand and left hand,

The picture alive, every part in its best light,

The music falling in where it is wanted,
and stopping where it is not wanted,

The cheerful voice of the public road,
the gay fresh sentiment of the road.

O highway I travel, do you say to me
Do not leave me?

Do you say Venture not—if you leave me you are lost?

Do you say I am already prepared,
I am well-beaten and undenied, adhere to me?

O public road,
I say back
I am not afraid to leave you,
yet I love you,

You express me better than I can express myself,

You shall be more to me than my poem.

I think heroic deeds were all conceiv'd in the open air,
and all free poems also,

I think I could stop here myself and do miracles,

I think whatever I shall meet on the road I shall like,

## 4

A terra expandindo à direita e à esquerda,

A imagem viva, cada parte em sua melhor luz,

A música se derramando onde é querida
e parando onde não é querida,

A voz jubilosa da estrada pública,
o sentimento fresco e alegre da estrada.

Ó rodovia em que viajo, você me diz:
Não me abandone?

Você diz: Não ouse, se me deixar estará perdido?

Você diz: Eu já estou pronta,
bem batida e inegável, adira a mim?

Ó estrada pública,
Eu te digo de volta
Eu não tenho medo de te deixar,
embora eu te ame,

Você me expressa melhor do que eu mesmo posso me expressar,

Você será mais para mim do que o meu poema.

Eu acho que os feitos heroicos foram todos concebidos ao ar livre,
e todos os poemas livres também,

Eu acho que eu poderia parar aqui e fazer milagres,

Eu acho que eu vou gostar de qualquer coisa que eu encontre

and whoever beholds me shall like me,
I think whoever I see must be happy.

na estrada, e qualquer um que me veja vai gostar de mim,
Eu acho que qualquer um que eu vir estará feliz.

## 5

From this hour
I ordain myself loos'd of limits and imaginary lines,

Going where I list, my own master total and absolute,

Listening to others, considering well what they say,

Pausing, searching, receiving, contemplating,

Gently,but with undeniable will,
divesting myself of the holds that would hold me.

I inhale great draughts of space,

The east and the west are mine,
and the north and the south are mine.

I am larger, better than I thought,

I did not know I held so much goodness.

All seems beautiful to me,

I can repeat over to men and women
You have done such good to me I would do the same to you,

I will recruit for myself and you as I go,

I will scatter myself among men and women as I go,

I will toss a new gladness and roughness among them,

Whoever denies me it shall not trouble me,

Whoever accepts me he or she shall be blessed
and shall bless me.

## 5

Desta hora em diante
eu me declaro solto de linhas e limites imaginários,

Indo onde eu meu alisto, meu próprio mestre, total e absoluto,

Escutando os outros, considerando bem o que eles dizem,

Pausando, procurando, recebendo, contemplando,

Com gentileza, mas com inegável vontade,
me afastando de amarras que me amarrariam.

Eu inalo grandes lufadas de espaço,

O leste e oeste são meus,
e o norte e o sul são meus.

Eu sou maior e melhor do que eu pensava,

Eu não sabia que eu continha tanta bondade.

Tudo parece bonito para mim,

Eu posso repetir várias vezes para mulheres e homens
Você me fez tão bem eu faria o mesmo por você,

Eu recrutarei para mim e para você em minha ida,

Eu me espalharei entre homens e mulheres em minha ida,

Eu lançarei novo contentamento e rudeza entre eles,

Quem quer que me negue não me incomodará,

Quem quer que me aceite ele ou ela será abençoado
e me abençoará.

## 6

Now if a thousand perfect men were to appear
it would not amaze me,

Now if a thousand beautiful forms of women appear'd
it would not astonish me.

Now I see the secret of the making of the best persons,

It is to grow in the open air and to eat and sleep with the earth.

Here a great personal deed has room,

(Such a deed seizes upon the hearts of the whole race of men,
Its effusion of strength and will overwhelms law and mocks all
authority and all argument against it.)

Here is the test of wisdom,

Wisdom is not finally tested in schools,

Wisdom cannot be pass'd
from one having it to another not having it,

Wisdom is of the soul, is not susceptible of proof,
is its own proof,

Applies to all stages and objects and qualities and is content,

Is the certainty of the reality and immortality of things,
and the excellence of things;

Something there is in the float of the sight of things
that provokes it out of the soul.

## 6

Se mil homens perfeitos aparecessem agora
isto não me surpreenderia,

Se mil belas figuras de mulheres aparecessem agora
isto não me impressionaria.

Eu vejo agora o segredo da criação das melhores pessoas,

É crescer ao ar livre e comer e dormir com a terra.

Aqui há espaço para grandes feitos pessoais,

(Tais feitos se apoderam dos corações de toda a raça humana,
A efusão de sua força e vontade supera a lei e zomba de toda
a autoridade e todo argumento contrário a si).

Aqui está o teste da sabedoria,

A sabedoria não é testada definitivamente nas escolas,

A sabedoria não pode ser passada
de um que a tenha para outro que não a tem,

A sabedoria é da alma, não é suscetível a prova,
é sua própria prova,

Se aplica a todos os estágios e objetos e qualidades e é contente,

É a certeza da realidade e imortalidade das coisas,
da excelência das coisas;

Há algo no flutuar da visão das coisas
que a provoca para fora da alma.

Now I re-examine philosophies and religions,

They may prove well in lecture-rooms,

yet not prove at all under the spacious clouds
and along the landscape and flowing currents.

Here is realization,

Here is a man tallied —
he realizes here what he has in him,

The past, the future, majesty, love—
if they are vacant of you, you are vacant of them.

Only the kernel of every object nourishes;

Where is he who tears off the husks for you and me?

Where is he that undoes stratagems
and envelopes for you and me?

Here is adhesiveness, it is not previously fashion'd, it is apropos;

Do you know what it is as you pass to be loved by strangers?

Do you know the talk of those turning eye-balls?

Agora eu reexamino filosofias e religiões,

Elas podem funcionar bem dentro das salas de aula,

mas simplesmente não funcionam sob nuvens espaçosas
e ao redor da paisagem e das correntes que fluem.

Aqui está a compreensão,

Aqui está um homem apurado —
ele compreende aqui o que ele tem em si,

O passado, o futuro, majestade, amor —
se eles estão ausentes em você, você está ausente neles.

Apenas o núcleo de cada objeto nutre;

Onde está aquele que rompe as cascas para você e para mim?

Onde está aquele que desfaz estratagemas
e invólucros para você e para mim?

Aqui está a adesão, ela não é previamente formada, é oportuna;

Você sabe o que é ser amado por estranhos ao passar?

Você conhece a fala daqueles olhos que se viram?

## 7

Here is the efflux of the soul,

The efflux of the soul comes from within
through embower'd gates,
ever provoking questions,

These yearnings why are they?
these thoughts in the darkness why are they?

Why are there men and women that while they are nigh me
the sunlight expands my blood?

Why when they leave me do my pennants of joy
sink flat and lank?

Why are there trees I never walk under but
large and melodious thoughts
descend upon me?

(I think they hang there winter and summer on those
trees and always drop fruit as I pass;)

What is it I interchange so suddenly with strangers?

What with some driver as I ride on the seat by his side?

What with some fisherman drawing his seine by the shore
as I walk by and pause?

What gives me to be free to a woman's and man's good-will?
what gives them to be free to mine?

## 7

Aqui está o efluxo da alma,

O efluxo da alma vem de dentro
através de portões frondosos,
eternamente provocando questões,

Estes anseios por que eles existem?
Estes pensamentos na escuridão por que eles existem?

Por que há homens e mulheres que quando estão perto de mim
a luz do sol expande o meu sangue?

Por que quando eles me deixam as bandeiras da minha alegria
se derrubam lisas e planas?

Por que há árvores sob as quais eu nunca caminho
mas de onde pensamentos grandes e melodiosos
descem sobre mim?

(Eu acho que eles ficam lá pendurados verões e invernos naquelas
árvores e sempre deixam cair frutos quando eu passo)

O que é isto que eu troco tão subitamente com estranhos?

Com algum motorista enquanto eu viajo sentado ao seu lado?

Com algum pescador arrastando sua rede pela praia enquanto
eu passo por lá e paro?

O que me dá ser livre com a boa vontade de uma mulher
ou um homem? O que lhes dá serem livres com a minha?

## 8

The efflux of the soul is happiness, here is happiness,

I think it pervades the open air,
waiting at all times,

Now it flows unto us, we are rightly charged.

Here rises the fluid and attaching character,

The fluid and attaching character is the freshness
and sweetness of man and woman,

(The herbs of the morning sprout no fresher and sweeter
every day out of the roots of themselves, than it sprouts fresh
and sweet continually out of itself)

Toward the fluid and attaching character exudes the sweat
of the love of young and old,

From it falls distill'd the charm that mocks beauty
and attainments,

Toward it heaves the shuddering
longing ache of contact.

## 8

O efluxo da alma é felicidade, aqui está a felicidade,

Eu acho que ela impregna o ar aberto,
esperando em todos os momentos,

Agora ela flui até nós, nós estamos verdadeiramente carregados.

Aqui se ergue o fluído e seu caráter conector,

O fluído e seu caráter conector é o frescor
e a doçura de homem e mulher,

(As ervas da manhã não brotam todos os dias mais frescas e doces
das raízes de si mesmas do que ele brota continuamente fresco
e doce a partir de si mesmo)

Em direção ao fluído e seu caráter conector exala o suor
do amor de jovem e velho,

Dele cai o feitiço destilado que zomba da beleza
e dos feitos,

Em direção a ele suspira a dor
que estremece de saudades do contato.

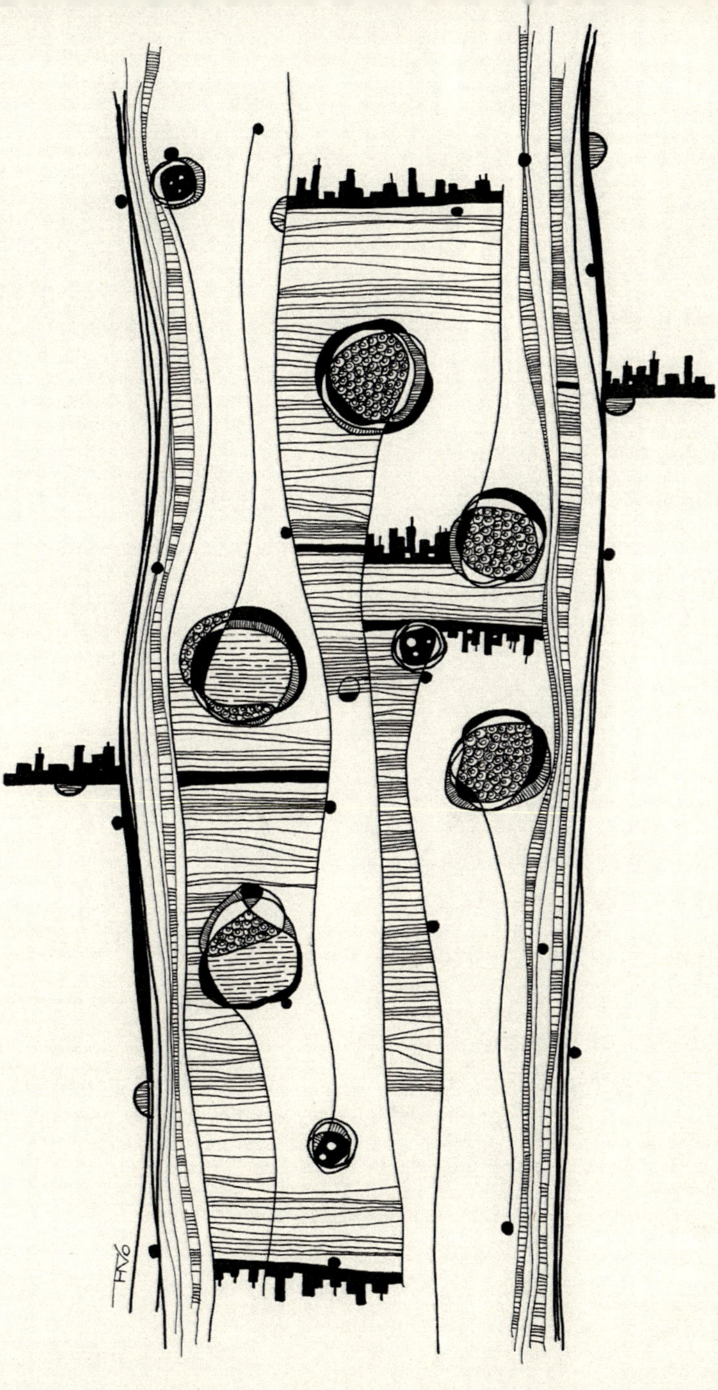

## 9

Allons! whoever you are come travel with me!

Traveling with me you find what never tires.

The earth never tires,

The earth is rude, silent, incomprehensible at first,
Nature is rude and incomprehensible at first,

Be not discouraged, keep on,
there are divine things well envelop'd,

I swear to you there are divine things more beautiful
than words can tell.

Allons! we must not stop here,

However sweet these laid-up stores,
however convenient this dwelling
we cannot remain here,

However shelter'd this port
and however calm these waters we must not anchor here,

However welcome the hospitality
that surrounds us we are permitted to receive it but a little while.

## 9

Allons! quem quer que você seja venha viajar comigo!

Viajando comigo você encontra o que nunca cansa.

A terra nunca cansa,

A terra é rude, silenciosa, incompreensível no começo,
a Natureza é rude e incompreensível no começo,

Não se desencoraje, continue,
há coisas divinas bem encobertas,

Eu te juro há coisas divinas mais bonitas
do que as palavras podem dizer.

Allons! não devemos parar aqui,

Por mais doces que sejam estes armazéns cobertos,
por mais conveniente que seja esta morada
nós não podemos permanecer aqui,

Por mais protegido que seja este porto
e por mais calmas estas águas nós não devemos ancorar aqui,

Por mais bem-vinda que seja a hospitalidade
que nos cerca nós só podemos receber um pouco dela.

## 10

Allons! the inducements shall be greater,

We will sail pathless and wild seas,

We will go where winds blow, waves dash,
and the Yankee clipper speeds by under full sail.

Allons! with power, liberty, the earth, the elements,

Health, defiance, gayety, self-esteem, curiosity;

Allons! from all formules!

From your formules,
O bat-eyed and materialistic priests.

The stale cadaver blocks up the passage —
the burial waits no longer.

Allons! yet take warning!

He traveling with me needs the best blood,
thews, endurance,

None may come to the trial till he
or she bring courage and health,

Come not here if you have already spent the best of yourself,

Only those may come who come in sweet and determin'd bodies,

No diseas'd person, no rum-drinker or venereal
taint is permitted here.

## 10

Allons! os incentivos serão maiores,

Nós navegaremos sem trilhas e em mares selvagens,

Nós iremos onde os ventos sopram, as ondas quebram
e o veleiro Yankee acelera com suas velas cheias.

Allons! com poder, liberdade, a terra, os elementos,

Saúde, questionamento, alegria, auto-estima, curiosidade;

Allons! de todas as fórmulas!

De todas as suas fórmulas,
Ó padres materialistas com olhos de morcego.

O cadáver embolorado bloqueia a passagem —
o enterro já não pode esperar.

Allons! ainda assim, esteja atento!

Aquele que viaja comigo precisa do melhor sangue,
músculo, resistência,

Nenhum poderá ser testado até que ele
ou ela traga coragem e saúde,

Não venha aqui se você já gastou o melhor de si,

Só podem vir aqueles que vêm em corpos doces e decididos,

Nenhuma pessoa doente, nenhum bebedor de rum ou mácula
venérea é permitida aqui.

(I and mine do not convince by arguments, similes, rhymes,
We convince by our presence.)

(Eu e os meus não convencemos com argumentos, símiles, rimas,
Nós convencemos com nossa presença).

## 11

Listen! I will be honest with you,

I do not offer the old smooth prizes,
but offer rough new prizes,

These are the days that must happen to you:

You shall not heap up what is call'd riches,

You shall scatter with lavish hand all
that you earn or achieve,

You but arrive at the city to which you were destin'd,
you hardly settle yourself to satisfaction before you are call'd
by an irresistible call to depart,

You shall be treated to the ironical smiles and mockings of those
who remain behind you,

What beckonings of love you receive you shall only answer
with passionate kisses of parting,

You shall not allow the hold of those
who spread their reach'd hands toward you.

## 11

Ouçam! eu serei honesto com vocês,

Eu não ofereço os velhos prêmios suaves,
mas novos prêmios rudes,

Estes são os dias que têm que acontecer com vocês:

Vocês não devem amontoar o que é chamado de riquezas,

Vocês devem espalhar com mãos generosas tudo
o que ganharem ou conseguirem,

Vocês quando chegarem a uma cidade destino,
vocês mal aproveitarão a satisfação antes de serem chamados
por um chamado irresistível de partir,

Vocês serão tratados com sorrisos irônicos e zombaria
por aqueles que ficarem para trás,

Os acenos de amor que vocês receberem vocês devem responder
apenas com apaixonados beijos de partida,

Vocês não devem se permitir serem agarrados
por aqueles que lançam mãos em sua direção.

## 12

Allons! after the great Companions,
and to belong to them!

They too are on the road –
they are the swift and majestic men –
they are the greatest women,

Enjoyers of calms of seas
and storms of seas,

Sailors of many a ship,
walkers of many a mile of land,

Habituès of many distant countries,
habituès of far-distant dwellings,

Trusters of men and women,
observers of cities, solitary toilers,

Pausers and contemplators of tufts, blossoms, shells of the shore,

Dancers at wedding-dances, kissers of brides,
tender helpers of children, bearers of children,

Soldiers of revolts, standers by gaping graves,
lowerers-down of coffins,

Journeyers over consecutive seasons, over the years,
the curious years each emerging from that which preceded it,

Journeyers as with companions, namely their own diverse phases,

## 12

Allons! em busca dos grandes Companheiros,
e de pertencer a eles!

Eles também estão na estrada —
são os homens ágeis e majestosos —
são as melhores mulheres,

Adoradores das calmarias dos mares
e das tempestades dos mares,

Marinheiros de muitos barcos,
caminhantes de terras de muitas léguas,

Frequentadores de muitos países distantes,
frequentadores de moradas muito longínquas,

Confiadores de homens e mulheres,
observadores de cidades, labutadores solitários,

Pausadores e contempladores de tufos, flores, conchas da praia,

Dançarinos em bailes de casamento, beijadores de noivas,
tenros ajudadores de crianças, carregadores de crianças,

Soldados de revoltas, vigias de covas abertas,
descedores de caixões,

Jornadeiros pelas estações consecutivas do ano, através dos anos,
os anos estranhos cada um emergindo daquele que o precedeu,

Jornadeiros com companheiros: suas próprias fases diversas,

Forth-steppers from the latent unrealized baby-days,

Journeyers gayly with their own youth,
journeyers with their bearded and well-grain'd manhood,

Journeyers with their womanhood,
ample, unsurpass'd, content,

Journeyers with their own sublime old age
of manhood or womanhood,

Old age, calm,
expanded, broad with the haughty breadth of the universe,

Old age, flowing free with the delicious near-by freedom of death.

Caminheiros adiante dos latentes dias de infância não realizados,

Jornadeiros alegremente com sua própria juventude,
jornadeiros com sua masculinidade de barba bem crescida,

Jornadeiros com sua mulheridade,
ampla, insuperável, satisfeita,

Jornadeiros com sua própria velhice sublime
de masculinidade e mulheridade,

Velhice, calma,
expandida, ampla com a larguidão altiva do universo,

Velhice, fluindo livre com a deliciosa liberdade próxima da morte.

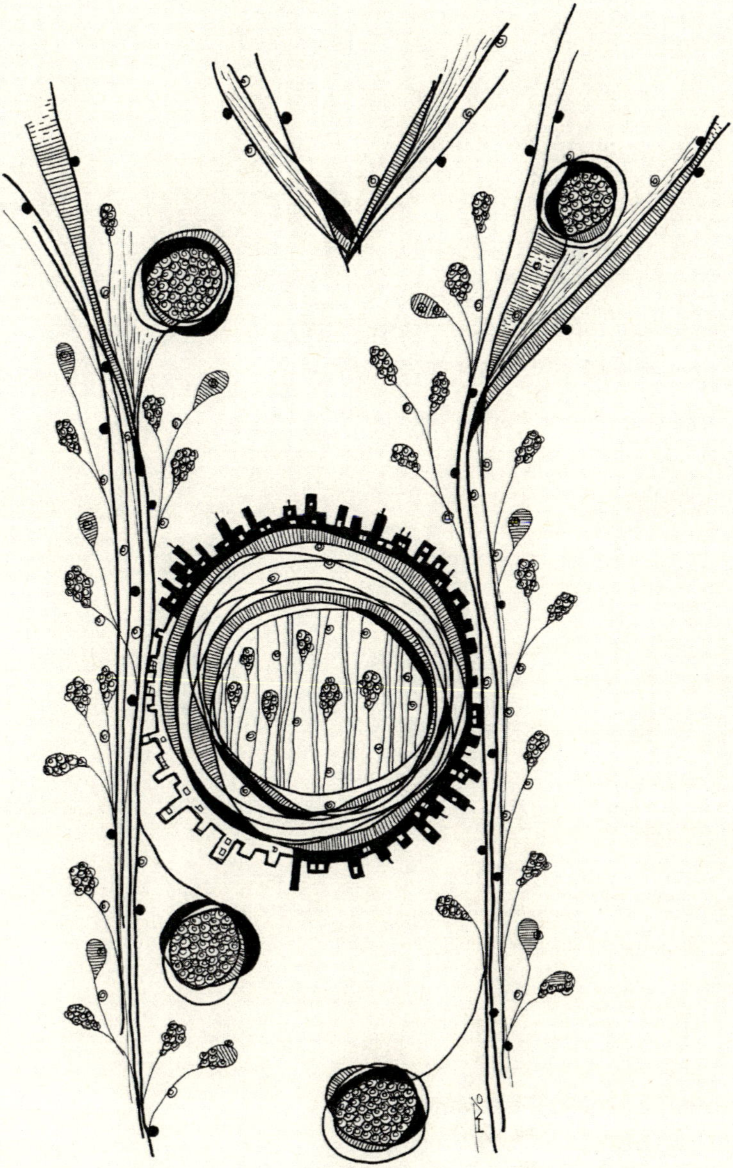

## 13

Allons! to that which is endless as it was beginningless,

To undergo much, tramps of days, rests of nights,

To merge all in the travel they tend to,
and the days and nights they tend to,

Again to merge them in the start of superior journeys,

To see nothing anywhere but what you may reach it
and pass it,

To conceive no time, however distant,
but what you may reach it and pass it,

To look up or down no road
but it stretches and waits for you,
however long but it stretches and waits for you,

To see no being, not God's or any,
but you also go thither,

To see no possession but you may possess it,
enjoying all without labor or purchase,
abstracting the feast yet not abstracting one particle of it,

To take the best of the farmer's farm a
nd the rich man's elegant villa,
and the chaste blessings of the well-married couple,
and the fruits of orchards and flowers of gardens,

## 13

Allons! para aquilo é sem fim como foi sem começo,

Para aguentar muito, caminhadas de dias, repousos de noites,

Para juntar tudo na viagem que eles tendem a fazer,
e os dias e as noites para os quais eles tendem,

Novamente juntá-los no começo de jornadas superiores,

Não ver nada em lugar algum que não o que se possa alcançar
e ultrapassar,

Não conceber nenhum tempo, por mais longínquo,
que o que se possa alcançar e ultrapassar,

Não buscar ou desprezar estrada alguma
que não as que se alongam e esperam por você,
por mais longínquas mas que se alongam e esperam por você,

Não ver nenhum ser, nem de Deus, nem de ninguém,
mas ir também até lá,

Não ver nenhuma posse mas poder tê-la,
desfrutando de tudo sem trabalho ou compra,
abstraindo o banquete sem abstrair uma partícula dele,

Tomar o melhor da fazenda do fazendeiro
e da mansão elegante do rico,
e as bênçãos puras do casal bem casado,
e as frutas das pomares e as flores dos jardins,

To take to your use out of the compact cities
as you pass through,

To carry buildings
and streets with you afterward wherever you go,

To gather the minds of men out of their brains
as you encounter them, to gather the love out of their hearts,

To take your lovers on the road with you,
for all that you leave them behind you,

To know the universe itself as a road,
as many roads, as roads for traveling souls.

All parts away for the progress of souls,

All religion, all solid things, arts, governments —
all that was or is apparent upon this globe
or any globe, falls into niches
and corners before the procession of souls
along the grand roads of the universe.

Of the progress of the souls of men and women
along the grand roads of the universe,
all other progress is the needed emblem and sustenance.

Forever alive, forever forward,

Stately, solemn, sad, withdrawn, baffled, mad,
turbulent, feeble, dissatisfied,

Desperate, proud, fond, sick,
accepted by men, rejected by men,

They go! they go! I know that they go,
but I know not where they go,

Tomar das cidades compactadas
para seu uso próprio ao passar por elas,

Depois carregar consigo prédios
e ruas para onde quer que você vá,

Recolher as mentes dos homens dos seus cérebros
ao encontrá-los, recolher o amor dos seus corações,

Levar seus amores consigo na estrada,
por tudo o que você deixa para eles atrás de si,

Conhecer o universo mesmo como uma estrada,
como muitas estradas, como estradas para almas viajantes.

Tudo parte para longe pelo progresso das almas,

Toda religião, todas as coisas sólidas, artes, governos —
tudo o que foi ou é aparente sobre este globo
ou outro globo cai em nichos
e esquinas antes da procissão das almas
pelas grandes estradas do universo.

Diante do progresso das almas de homens e mulheres
pelas grandes estradas do universo,
todo outro progresso é o emblema e a sustentação necessários.

Para sempre vivos, para sempre adiante,

Imponentes, solenes, tristes, recolhidos, perplexos, loucos,
turbulentos, débeis, insatisfeitos,

Desesperados, orgulhosos, afeiçoados, doentes,
aceitos pelos homens, rejeitados pelos homens,

Eles vão! eles vão! Eu sei que eles vão,
mas não sei para onde,

But I know that they go toward the best —
toward something great!

Whoever you are, come forth!
or man or woman come forth!

You must not stay sleeping and dallying there in the house,
though you built it,
or though it has been built for you.

Out of the dark confinement! out from behind the screen!

It is useless to protest, I know all and expose it.

Behold through you as bad as the rest,

Through the laughter, dancing, dining, supping, of people,

Inside of dresses and ornaments,
inside of those wash'd and trimm'd faces,

Behold a secret silent loathing and despair.

No husband, no wife,
no friend, trusted to hear the confession,

Another self, a duplicate of every one, skulking and hiding it goes,

Formless and wordless through the streets of the cities,
polite and bland in the parlors,

In the cars of railroads, in steamboats,
in the public assembly,

Home to the houses of men and women, at the table,
in the bedroom, everywhere,

Smartly attired, countenance smiling, form upright, death under
the breast-bones, hell under the skull-bones,

Mas sei que vão em direção ao melhor —
em direção a algo grande!

Quem quer que você seja, venha adiante!
ou homem ou mulher venha adiante!

Você não tem que ficar dormindo ou se arrastando pela casa,
mesmo que você a tenha construído
ou que ela tenha sido construída para você.

Saia do confinamento escuro! Saia de trás da tela!

É inútil protestar, eu sei de tudo e o exponho.

Observe através de você tão ruim quanto o resto,

Através da risada, do dançar, do jantar, do cear, das pessoas,

Dentro de vestidos e ornamentos,
dentro daqueles rostos lavados e aparados,

Observe uma repulsa e um desespero, secretos e silenciosos.

Nenhum marido, nenhuma esposa,
nenhum amigo confiável para ouvir a confissão,

Outro eu, um duplo de cada um, se ocultando e se escondendo,

Sem forma e sem palavras pelas ruas das cidades,
educado e brando nos salões,

Nos vagões das ferrovias, nos barcos a vapor,
nas assembleias públicas,

Lar para as casas de homens e mulheres, na mesa,
no quarto, em todo lugar,

Elegantemente vestido, semblante sorridente, postura ereta,
morte atrás dos ossos do peito, inferno atrás dos ossos do crânio,

Under the broadcloth and gloves, under the ribbons
and artificial flowers,

Keeping fair with the customs,
speaking not a syllable of itself,

Speaking of any thing else but never of itself.

Sob o colete e as luvas, sob as fitas
e flores artificiais,

Mantendo-se dentro dos costumes,
não falando uma sílaba sobre si mesmo,

Falando sobre qualquer outra coisa, mas nunca sobre si mesmo.

## 14

Allons! through struggles and wars!

The goal that was named cannot be countermanded.

Have the past struggles succeeded?

What has succeeded? yourself? your nation? Nature?

Now understand me well—
it is provided in the essence of things
that from any fruition of success, no matter what,
shall come forth something
to make a greater struggle necessary.

My call is the call of battle, I nourish active rebellion,

He going with me must go well arm'd,

He going with me goes often with spare diet,
poverty, angry enemies, desertions.

## 14

Allons! através de lutas e guerras!

O objetivo que não foi nomeado não pode ser revogado.

Foram bem-sucedidas as lutas passadas?

O que foi bem-sucedido? Você? Sua nação? A natureza?

Entendam-me bem agora —
é dado pela essência das coisas
que de qualquer fruto de sucesso, não importa qual,
deverá advir algo
que tornará necessária uma luta ainda maior.

Meu chamado é o chamado de batalha, eu nutro a rebelião ativa,

Aquele que vai comigo tem que ir bem armado,

Aquele que vai comigo tem frequentemente uma dieta esparsa,
pobreza, inimigos raivosos, deserções.

## 15

Allons! the road is before us!

It is safe—I have tried it—
my own feet have tried it well—be not detain'd!

Let the paper remain on the desk unwritten,
and the book on the shelf unopen'd!

Let the tools remain in the workshop!
let the money remain unearn'd!

Let the school stand!
mind not the cry of the teacher!

Let the preacher preach in his pulpit!
let the lawyer plead in the court, and the judge expound the law.

Camerado, I give you my hand!

I give you my love more precious than money,

I give you myself before preaching or law;

Will you give me yourself?

will you come travel with me?

Shall we stick by each other as long as we live?

## 15

Allons! a estrada está diante de nós!

É seguro — eu a testei —
meus próprios pés a testaram bem — não se detenham!

Deixem o papel ficar em branco sobre a mesa,
e o livro na prateleira sem ser aberto!

Deixem as ferramentas ficarem na oficina!
deixem o dinheiro ficar sem ser ganho!

Deixem a escola ficar!
não prestem atenção ao choro do professor!

Deixem o pregador pregar em seu púlpito!
deixem o advogado argumentar na corte e o juiz expor a lei.

Camerado, eu te dou minha mão!

Eu te dou meu amor, mais precioso que o dinheiro,

Eu te dou a mim mesmo, antes da prédica ou da lei;

Você me dará a si mesmo?

você virá viajar comigo?

Ficaremos colados um ao outro enquanto vivermos?

primeira reimpressão, novembro de 2019